A S. M.

LE ROI DE SARDAIGNE

LES CLUSIENS INCENDIÉS,

PAR

P. BOUVERAT (DE CLUSES).

PARIS,

IMPRIMERIE DE HAUQUELIN ET BAUTRUCHE,

RUE DE LA HARPE, 90.

1845.

A S. M.

LE ROI DE SARDAIGNE,

LES CLUSIENS INCENDIÉS.

———

Monarque bien-aimé, dont l'équitable histoire

Redira les bienfaits, la sagesse et la gloire,

Digne représentant de la Divinité,

Qui marqua sur ton front le sceau de sa bonté,

Guerrier, législateur, père de la patrie,

Que le Savoisien aime, et que l'Europe envie,

Oh! béni soit le jour qui t'amène en ces lieux,

Et béni soit le ciel qui te donne à nos vœux!

Lorsque la foudre encore éclate sur nos têtes,

Quand notre frêle esquif, brisé par les tempêtes,

Erre encore égaré sur la vague des mers,

Comme un rayon du soir qui sillonne les airs,

Et rend à l'Océan le calme après l'orage,

Tu viens nous consoler des malheurs du naufrage !

Au milieu des douceurs d'une tranquille paix,

Qu'il est beau de savoir régner par les bienfaits !

Grand roi ! tu l'as compris ; et ta douce présence

A déjà dans nos cœurs ramené l'espérance.

Nos âmes sous tes yeux retrouvent leurs transports,

Les accents de l'amour et ses pieux accords.

Nous pouvons de nouveau revivre à l'allégresse :

Nous pouvons prendre part à la commune ivresse.

Tu parais parmi nous ainsi qu'un astre ami.

Tantôt en te voyant le soleil a souri.

Pour recevoir son roi, la sauvage nature

A jeté sous tes pas son manteau de verdure.

Les Alpes ont frémi. Leurs cent monts orgueilleux

Ont courbé devant toi leurs sommets sourcilleux,

Tandis que dans le ciel endormant la tempête,

Dieu convoquait ton peuple aux splendeurs de ta fête.

Etincelant de feux, les coteaux d'alentour

Redisent aux coteaux des cantiques d'amour.

Heureux de contempler ton auguste visage,

Heureux d'en conserver la paternelle image,

Les pauvres habitants de cet obscur vallon

Viennent te saluer et répètent ton nom.

Permets-leur de goûter cette ineffable joie

Qu'ignorent ces déserts de la vieille Savoie.

Permets qu'à leur bonheur nous confondions nos chants.

Suspendue aux sapins que balancent les vents,

Pour célébrer un roi, la harpe d'Eolie

Saura trouver encor des accents d'harmonie.

Bien que nos maux soient grands, notre amour est plus fort.

Les cendres parleront. L'affreux glas de la mort

Frappera ton oreille ainsi qu'une hymne sainte,

Où s'épanche le cœur, où s'apaise la plainte.

Si nous ressuscitons bien d'amers souvenirs,

S'il vient à nos transports se mêler des soupirs,

Les soupirs, eux aussi, sont des élans de l'âme;

Ils ont leur mélodie et leurs ailes de flamme.

Mais regarde… Vois-tu sous ce portique en deuil,

S'ouvrir en frémissant la pierre d'un cercueil?

Vois-tu se remuer sous la cendre fumante

Cette ombre échevelée, horrible, palpitante?

Vois-tu ces traits meurtris par la flamme et le feu,

Ce front stigmatisé par les foudres de Dieu,

Ce visage abattu, dépouillé de ses charmes,

Ces yeux mornes, éteints, et qui n'ont plus de larmes?

C'est elle… qui debout, couverte de lambeaux,

Te tend sa main tremblante à travers les tombeaux.

C'est elle qui, des morts secouant la poussière,

Te vient pour ses enfants adresser sa prière!

Ecoute!.. C'est sa voix qui s'exhale en sanglots,

Et son dernier soupir te murmure ces mots:

« Grand prince ! me voilà !… contemple la victime,

« Telle encore aujourd'hui que l'a faite un grand crime,

« Trop malheureuse, hélas ! pour songer à son sort,

« Pour demander la vie, ou pour craindre la mort.

« O mon Roi ! puisses-tu d'une épouse chérie

« Ne jamais voir comment s'éteint la douce vie !

« Puisses-tu ne jamais, en pressant tes enfants

« Sur ton sein paternel les trouver expirants !

« Que jamais d'un fléau l'épouvantable trace,

« Ne te force à pleurer les débris de ta race !

« Oh ! sois heureux toujours ! car le bonheur t'est dû,

« S'il est vrai que le ciel le doive à la vertu.

« Pour moi, j'ai consommé le fatal sacrifice :

« Du malheur jusqu'au fond j'ai vidé le calice ;

« Laissée à mes douleurs dans l'horrible désert

« Que les flammes m'ont fait, j'ai tout vu, tout souffert :

« Il n'est pas de tourments, il n'est pas de détresse

« Que mon cœur n'ait sentis, que mon cœur ne connaisse.

« Je mourrai donc. Bientôt, au fond de ce vallon,

« L'étranger foulera des ruines sans nom.

« Est-ce là, dira-t-il, cette cité rustique,

« Aux sauvages contours, à la figure antique ?

« Odalisque dormant à l'ombre des coteaux,

« Au souffle de la brise, au murmure des eaux ;

« Sylphide aux pieds légers glissant sur la verdure

« Avec son blanc corsage et sa robe de bure ;

« Fille des ménestrels mariant sous ses doigts

« Les doux sons de la flûte aux accents du hautbois ;

« Ondine qui tressait sa chevelure blonde

« Sous le roc, sur la grève, au bleu miroir de l'onde ;

« Reine portant jadis une couronne d'or,

« Mère de preux soldats, naguère belle encor ?

« Voilà donc ce qui reste : un cadavre sans vie,

« Des décombres gisants, un peuple qui mendie !

« Oui, grand Roi ! tu le sais. Dans des temps plus heureux,

« Lorsque ma main tenait le sceptre de ces lieux,

« Lorsque le châtelain saisissant sa framée,

« Accourait dans mes murs convoquer son armée,

« Qu'il montait sur mes tours, visitait mes remparts

« En déployant au ciel ses poudreux étendards,

« La première toujours dans les champs de la gloire,

« Par ma force et mon bras je fixais la victoire.

« J'étais la bonne ville ; et mes enfants nombreux

« Presque tous affranchis par tes vaillants aïeux,

« Jouissaient sans blason des droits de la noblesse.

« C'est en vain que trois fois, au sein de mon ivresse,

« Sous un vaste bûcher le feu m'ensevelit.

« Comme l'oiseau divin qui meurt et qui revit,

« Je renaissais toujours plus forte, plus fidèle.

« Enfin quand de Calvin la doctrine nouvelle

« Vint porter en ces lieux le fer et ses fureurs,

« Au Dieu qu'on insultait je donnai des vengeurs ;

« Et ce furent mon bras et mon cœur catholique

« Qui brisèrent ici l'arme du fanatique.

« Dans un asile saint j'ai conservé longtemps

« Les drapeaux glorieux, les symboles vivants

« De mes anciens exploits, de mes vieilles conquêtes.

« Les peuples d'alentour accouraient à mes fêtes,

« Pour contempler encor ce débri féodal

« De l'amour du Seigneur, de la foi du vassal.

« Là sous de verts berceaux, sur des lits de feuillage,

« Se dessinait d'un camp la fantastique image.

« Là flottaient dans les airs, aux avides regards,

« La bannière d'azur, et les fiers étendards

« Témoins de mes combats, témoins de ma vaillance.

« Si d'un jour solennel annonçant la présence,

« L'aurore descendait le long de mes coteaux

« Se mirer dans l'azur de mes limpides eaux,

« Je retrouvais encor dans le fond de mon âme

« Les plaisirs du guerrier et l'ardeur qui l'enflamme;

« Et la Foi m'emportant sur ses ailes de feu,

« En pensant à mon Roi, je célébrais mon Dieu.

« Hélas ! tout a péri par un destin funeste !

« De mes prospérités tu vois ce qu'il me reste.

« Regarde ces enfants, objet de mon amour,

« Que mes soins élevaient pour te servir un jour,

« Cet essaim généreux, orgueil de ma vieillesse,

« Tout palpitant de vie et brillant de jeunesse.

« Leur beau rêve n'est plus. Ils sont nus; ils ont faim :.

« Ils pleurent à mes pieds, me demandent du pain.

» Pauvres enfants ! que puis-je, hélas ! à leur misère ?

« Quel secours doivent-ils attendre d'une mère

« Qui n'a plus ici bas pour calmer leur douleur

« Que ses vœux, ses soupirs, son amour et son cœur ?

« Que vont-ils devenir ? Ils quitteront peut-être,

« Pour repousser la faim, le lieu qui les vit naître.

« Ils iront respirer l'air impur dés cités,

« Maudiront le pays qui les a rejetés,

« Quitteront la vertu pour vivre à l'infamie,

« Oublieront tout, leur Dieu, leur prince, leur patrie.

« Le dirai-je ? Peut-être à l'or d'un corrupteur

« Mes filles pour du pain livreront leur honneur.

« Mes fils iront chercher sur la terre lointaine

« Des pensers de révolte, et des ferments de haine;

« Des leçons d'athéisme et d'irréligion,

« Une morale impie. Un jour, dans ce vallon,

« Ils reviendront, blanchis par les excès du vice,

« Déverser le poison de l'immonde calice

« Où leur lèvre à pleins bords puisa la volupté.

« Dieu du pauvre, ô mon Dieu ! dont la juste bonté

« Quelquefois nous punit, plus souvent nous pardonne !

« Soutien du malheureux, lorsque tout l'abandonne !

« Si j'ai jamais offert dans un jour solennel

« L'encens pur de mon cœur aux pieds de ton autel,

« Si j'ai jamais orné ton divin sanctuaire

« Des festons parfumés de la fleur printannière ;

« Détourne de mes yeux un si triste avenir ;

« Avant de l'entrevoir, fais-moi plutôt mourir.

« C'est en toi que j'ai mis ma dernière espérance.

« Accorde cette joie à ma longue souffrance.

« Souviens-toi qu'à cette heure, où les feux dévorants

« Enveloppaient mes murs de leurs réseaux ardents,

« J'ai sacrifié tout, enfants, biens et patrie,

« Pour arracher ton temple à l'affreux incendie.

« Mais, mon Dieu ! je me trompe : il me reste avec toi

« Un autre père encore, et ce père est mon Roi.

« Déjà depuis long temps ta bonté me soulage,

« O prince magnifique ! Achève ton ouvrage.

« Vois ici mes enfants : ils sont à tes genoux.

« Sois leur père et le mien. Sauve-les, sauve-nous !

« Que ta royale voix daigne se faire entendre ;

« Et ces murs renversés renaîtront de leur cendre.

« Nous renaîtrons aussi ; mais pour t'appartenir,

« Te bénir et t'aimer, te garder ou mourir.

« Oui, Prince ! et si jamais un ingrat, un rebelle,

« Pour payer tes bienfaits, se rendait infidèle,

« Tu verrais mes enfants redevenir soldats,

« Et tous à tes côtés affronter le trépas.

« Tu me verrais moi-même, amazone aguerrie,

« T'offrir, te prodiguer ce que j'aurai de vie.

« Ces murs t'appartiendront : tu viendras m'y chercher ;

« Nulle main à ma foi ne pourra t'arracher ;

« Ou si le destin veut qu'avec toi je succombe,

« Tu me verras encore, avant d'ouvrir ma tombe,

« S'il me reste du sang, le verser pour mon roi ;

« Et mon dernier enfant saura mourir pour toi.

« Mais, que dis-je ? ma crainte est un honteux blasphème !

« Ta bonté te protége : Un peuple aime qui l'aime.

« O mon Roi, jusqu'au bout tu seras donc heureux ;

« Et par toi je m'attends à le voir de mes yeux. »

Tu les as entendus, les cris de la victime,

Monarque généreux, souverain magnanime !

Pardonne à son amour ce sombre désespoir.

Si près de ton grand cœur, elle en doit moins avoir.

Oublie aussi cette heure où notre pauvre mère

Refusa devant toi d'étaler sa misère.

Dans le pardon surtout, il est beau d'être grand.

Tu le fus dès ce jour où sous un ciel brûlant,

Loin des tiens, loin de nous, et loin de ta patrie,

Tu montrais ta valeur aux champs de l'Ibérie,

Dès ce jour où bravant la foudre et ses carreaux,

On te vit le premier debout sur les créneaux ;

Où d'un peuple allié dénouant les entraves,

Louis te proclama le Premier de ses Braves.

Sur ton trône abrité du laurier de la paix,

Je te vois grand encor, mais grand par les bienfaits.

Ton peuple soutenu par ta munificence

A retrouvé partout la joie et l'abondance.

Qu'il soit le plus heureux sous le meilleur des rois,

Pour le dire, en Europe, il n'est plus qu'une voix ;

Et nos neveux, cher Prince, en liront d'âge en âge,

Sur ces murs restaurés, l'éclatant témoignage.

IMPRIMERIE DE HAUQUELIN ET BAUTRUCHE, RUE DE LA HARPE, 90.

LE KALÉIDOSCOPE

DU GRAND DICTIONNAIRE

Une fête intime réunissait; le 19 décembre 1874, à l'occasion de l'achèvement du XIIe volume, la plupart des Collaborateurs du *Grand Dictionnaire universel du XIXe siècle*. La pièce de vers qui suit a été composée pour cette circonstance.

Mes très-chers compagnons, l'audacieux Larousse,
A ce siècle voulant donner une secousse,
Des bouts de l'horizon, du nord et du midi,
Nous a tous appelés pour un dessein hardi.
Fruit d'un labeur ardu, son œuvre gigantesque
Apparaît aujourd'hui comme une immense fresque.
Sur ma lyre d'argent, présent du dieu du jour,
En vers alexandrins je dirai tour à tour,
Et devançant pour vous le burin de l'histoire,
Vos noms et vos talents, votre art et votre gloire.

O blond Phœbus à l'arc d'or,
Vous aussi, filles du Pinde,
Ouvrez-moi votre trésor.
Bacchus, conquérant de l'Inde,
Prête tes joyeux accents ;
O toi dont la coupe pleine
Verse à tes heureux amants
Le doux oubli de leur peine,
Fais défiler sous nos yeux,
Dans mon kaléidoscope,
Petits, grands, jeunes et vieux,
Comme au bout d'un télescope.

Élus de la cité, paraissez les premiers,
Le front encore orné de vos récents lauriers.
Voici le Directeur, le conseiller Deberle (1).
(Je ne trouve à son nom d'autre rime que *perle* ;
Car à l'oiseau siffleur il ne faut pas songer.)
Pour nous son joug est doux, son empire léger.
Vous siégez près de lui, civique Louis Combe (1) ;
Sous vos traits acérés le monarque succombe,
Le jésuite s'enfuit. Pâle Réaction,
Tu frémis en lisant sa *Révolution.*
Notre digne doyen, l'Aristarque Boissière,
Tout en philosophant accomplit sa carrière.
À côté vous voyez Pourret l'universel ;
Puis Bonneau le critique, assaisonnant de sel
Ses articles mûris. Mais Niel, le géographe,
Vers Alger a filé. Notre historiographe,
Castets aux longs cheveux, fait naître, fait mourir.
Tout semblable au Destin, maître de l'avenir.
Voici le conquérant, le gagneur de batailles,
Abrant, le grand Abrant : il abat les murailles,
Il brûle les hameaux, comme les potentats :
Ensuite il fait la paix sur le corps des soldats.
Pillon le docte aussi partage nos agapes :
Fuyant les charlatans et les faux Esculapes,
Il admire Proudhon, Charles Renouvier,
Nous laissant libres tous de croire ou de nier (2).
Là-bas c'est Marius (3). — non celui de Minturne ; —
Il nous montre Rembrandt et sa *Ronde nocturne ;*
Du divin Raphaël il décrit les tableaux :
Des artistes anciens ainsi que des nouveaux.

---

(1) MM. Alfred Deberle et Louis Combes, qui font depuis l'origine partie de la Rédaction du *Grand Dictionnaire,* ont été élus conseillers municipaux de la ville de Paris le 29 novembre 1874.

(2) M. François Pillon, docteur en médecine et collaborateur actif au *Grand Dictionnaire,* a abandonné la pratique de son art pour se livrer aux études philosophiques.

(3) M. Marius Chaumelin, critique d'art au *Grand Dictionnaire.*

— 3 —

Il nous donne le nom, l'âge, la vie et l'œuvre,
S'arrêtant un instant, mais pour les seuls chefs-d'œuvre.
L'humoriste Desprez nous vient du Lyonnais.
Ton jeune rejeton, ô barde polonais,
Illustre Mickiewicz, avec nous fraternise.
Que de ton nom la gloire à jamais s'éternise!
Non loin de là s'assied notre bouillant Joffroy,
Du parti clérical l'adversaire et l'effroi.
Beaucoup d'autres encore, avec talent, courage.
Ont apporté leur part à votre noble ouvrage.
Je ne les nomme point : l'oubli sera leur sort;
Car toujours ici-bas les absents auront tort.

  Cette brillante phalange
  De savants et d'érudits
  N'eût pu déchirer le lange
  Des vieux âges décrépits.
  Pour en chasser la poussière,
  Les enfants de Gutenberg
  Devaient naître à la lumière
  Et conquérir l'univers.
  C'est grâce à l'imprimerie
  Qu'a surgi le monument
  De notre Encyclopédie,
  Du monde l'étonnement.

Quelques représentants de l'art typographique
Parmi vous sont mêlés, et, chance mirifique!
Celui qui de la bourse en main tient les cordons :
J'ai dit Jule Hollier. A Cérès, à ses dons,
Charles Bournot, le prote, aspire en travaillant
Et d'un œil attentif l'atelier surveillant.
Il est accompagné des gardiens du langage.
D'austères correcteurs, qui labourent la plage
Où fleurit la coquille : Alexandre Bernier,
Lhernault le colossal; moi, Boutmy, le dernier.

L'helléniste Boudeau, Boudeau le polyglotte,
A quitté notre toit. Hyperbole, asymptote,
Sinus et cosinus, hélas ! l'ont enlevé ;
Il a, convenez-en, un goût bien dépravé.
Le libraire Pilon, assis près de Bazouge,
Porte un nom bien connu de Pantin à Montrouge.
Accueillez avec moi cet habile éditeur,
De votre œuvre à tous vents zélé propagateur.

D'amis une cohorte (1)
Apporte
Sa gaîté. Dis, écho,
Bien haut,
Que cette chère élite
Mérite
De ceux qui sont ici
Merci.

Depuis plus de six jours, je sue et je travaille
A cet amphigouri qui ne vaut rien qui vaille,
Aussi je voudrais bien, comme le Créateur,
Me reposer un peu. Permettez à l'auteur
De boire en finissant à ce Dictionnaire,
Du progrès incessant l'ardent missionnaire.

EUGÈNE BOUTMY,
Correcteur au *Grand Dictionnaire*.

19 décembre 1874.

---

(1) MM. CHAMPIER, journaliste ; CHAUMELIN fils, ancien élève de l'École
polytechnique ; Jules DANY, sous-officier en retraite ; DENIZET, homme de lettres ;
Élie SORIN, homme de lettres ; BRUNER, employé des lignes télégraphiques ; Alfred
DANTÈS, homme de lettres, auteur d'un important *Dictionnaire biographique* ; tous
attachés à la Rédaction, à l'exception des deux derniers.

PARIS. — IMPRIMERIE PIERRE LAROUSSE, RUE NOTRE-DAME DES CHAMPS, 19